LE BOUQUET

Pascal NOWACKI

LE BOUQUET

THÉÂTRE

Toute représentation de la pièce de théâtre,
faisant l'objet de la présente édition,
est soumise à la réglementation sur les droits d'auteur.

En conséquence, vous devez obligatoirement,
avant toute exploitation de ce texte,
obtenir l'accord de l'auteur ou de la SACD, qui gère ses droits.

© 2024, Pascal Nowacki

Édition : BoD - Books on Demand, info@bod.fr
Impression : BoD – Books on Demand, In de Tarpen 42,
Norderstedt (Allemagne)
Impression à la demande
ISBN : 978-2-3221-9024-9
Dépôt Légal : Mars 2020

Retrouver toute l'actualité de l'auteur sur
http://www.pascalnowacki.fr

Caractéristiques

Genre : Comédie dramatique.

Distribution : 4 personnages => 2 femmes et 2 hommes

Décor : Contemporain.

Costumes : Contemporains.

Note sur le décor

Bien que l'action se déroule en différents endroits, il n'y a aucune obligation de les marquer par de réels changements de décors.
Il y a, tout d'abord, l'appartement de Claire et Nicolas.
Viennent ensuite les deux appartements de Nathalie *(à jardin)* et Ronan *(à cour)*, les deux amis du couple.
Et enfin, nous avons un lieu « neutre » en avant-scène.
Toute latitude est laissée au metteur en scène pour distinguer ces différentes unités de jeu.

Scène 1

Nicolas se tient à l'avant-scène.
Il porte un long manteau, une écharpe et tient un attaché-case dans une main et un bouquet de fleurs dans l'autre.

Nicolas : C'est un bouquet de fleurs pour Claire. Claire c'est ma femme. Nous sommes mariés depuis… heu… enfin bref, ça fait un bon moment déjà. Vous savez ce qu'on dit ? Quand on aime, on ne compte pas. Et moi, Claire, je l'aime comme au premier jour. Et d'ailleurs, ce premier jour, je m'en souviens comme si c'était hier ! Nous avions postulé pour le même emploi dans un cabinet d'avocats. Quand je suis entré dans la salle d'attente, je l'ai tout de suite remarquée parmi les autres candidats. Elle était tout simplement magnifique. Je me suis approché d'elle et je l'ai abordée en lui demandant si elle était là également pour le poste. Bon, la question était idiote, on était tous là pour le poste. Et pourtant, j'ai vu dans son regard… je ne sais pas l'expliquer, j'ai senti un… un intérêt. Ça m'a encouragé alors je lui ai demandé si elle accepterait de boire un verre avec moi le soir même. Elle m'a répondu que ça dépendrait du résultat de son entretien. Elle a eu le poste. Et moi, j'ai eu mon rendez-vous. Ensuite mon charme naturel a fait le reste.
Et voilà comment ça a commencé.
Depuis, on ne s'est plus quitté.
Bien sûr, comme tous les couples, on a des hauts et des bas mais dans l'ensemble, on tient le coup.
Et puis, il y a cinq mois de ça, Claire a eu une promotion. Et une promotion, outre un meilleur salaire, ça veut aussi dire plus de travail et plus de responsabilités. Depuis, je la sens plus nerveuse, plus distante. J'évite de lui en parler, j'ai peur que ça l'irrite encore plus. Alors, je me suis demandé ce que je pouvais faire. J'en ai parlé à Ronan mon meilleur ami. Il m'a conseillé de lui porter quelques attentions discrètes, histoire de lui montrer qu'elle pouvait toujours compter sur moi. Et donc, ce soir, en rentrant du travail, je me suis arrêté chez la fleuriste et j'ai pris ce bouquet.

NOIR

Scène 2

L'appartement est éclairé.
Nicolas entre. Il a un attaché-case dans une main et un bouquet de fleurs dans l'autre.

Nicolas : C'est moi ! *(Un temps)* Claire ? *(Un temps).* Y'a pas de Claire. Bon, ben je sais ce qu'il me reste à faire.

Tout en sifflotant Nicolas pose le bouquet sur la table basse, se met à l'aise, sort côté cuisine, en revient avec un vase. Il place le bouquet dans le vase. Il contemple le résultat, visiblement satisfait.

Nicolas : Pas mal ! Le coup du bouquet c'est une bonne idée. Et maintenant, la cuisine !

Il sort côté cuisine en sifflotant. La sonnerie du téléphone retentit. Nicolas revient, un tablier à la taille.

Nicolas : J'arrive ! Allô ? Ah, c'est toi ! Salut Nathalie. Non, elle n'est pas encore arrivée. Mais vu l'heure, elle ne devrait plus tarder. Tu sais avec les trains… Oui, pas de problème. Je lui dis de te rappeler dès qu'elle rentre. OK. Bisous Nathalie.

Il se saisit d'un bloc de post-it sur la table basse et note.

Nicolas : Nathalie a appelé… Voilà, comme ça, je suis sûr de ne pas oublier.

Il ressort côté cuisine. Entrée de Claire.
Elle est à peu près du même âge que Nicolas.

Claire : Coucou !

Nicolas *(off)* : Coucou !

Claire : Nicolas ? T'es où ?

Nicolas *(off)* : Je suis dans la cuisine, mon amour. Je finis un truc et j'arrive.

Claire : OK. Prends ton temps, je vais pisser. J'en peux plus !

Nicolas *(off)* : Quoi ? Qu'est-ce que t'as dit ?

Claire sort. Nicolas entre.

Nicolas : T'as passé une bonne… Ben elle est où ? T'es où ?

Claire *(off)* : Pipi !

Nicolas : Ah pardon !

Nicolas vérifie la bonne place du vase avec le bouquet. Retour de Claire.

Claire : Ah, ça va mieux. J'ai été prise d'une envie de pisser dans le train, je ne te raconte pas.

Nicolas : Tu as raison, ne raconte pas.

Claire : Ça va mieux.

Nicolas : Tant mieux.

Claire : T'es arrivé tôt, non ?

Nicolas : Non, pas plus que d'habitude.

Claire : Alors c'est moi qui suis arrivée tard.

Nicolas : Oui c'est plus ça.

Claire : Tu sais avec les trains…

Nicolas : Oui. C'est exactement ce que j'ai dit à Nathalie.

Claire : Nathalie ? Elle a appelé ?

Nicolas : Oui.

Claire : Pourquoi elle n'a pas appelé sur mon portable ?

Nicolas : Je ne sais pas. Je n'ai pas pensé à lui demander.

Claire : Qu'est-ce qu'elle voulait ?

Nicolas : Je ne sais pas. Elle n'a pas voulu me le dire. Faut que tu la rappelles. Tiens, j't'ai laissé un mot pour ne pas oublier de te le dire.

Claire : Ah oui. *(Claire se saisit du papier sans prêter la moindre attention au bouquet. Lisant)* Nathalie a appelé. Il faut la rappeler.

Nicolas : C'est ce que j'ai dit.

Claire : Et tu étais obligé de le noter, ça ?

Nicolas : Je ne voulais pas oublier. Tu vas garder le papier dans la main ?

Claire : Hein ? Non, je vais le jeter, pourquoi ? Tu voulais le garder ?

Nicolas : Non. Non, non, non. Tu peux tout aussi bien le reposer sur la table basse. Je le jetterai plus tard.

Claire : Je peux le faire.

Nicolas : Oui mais moi aussi. Moi aussi je peux le faire. Je suis capable de jeter un papier à la poubelle. D'autant que, si on regarde bien, ce papier, c'est mon papier. C'est moi qui l'ai utilisé. C'est mon écriture qui est dessus, non ? Donc c'est normal que ce soit moi qui le jette, ce papier.

Claire : OK. Bon ben tiens, ton papier.

Nicolas : Non. Tu peux le poser sur la table basse, s'il te plaît ?

Claire : D'accord. T'es sûr que ça va, toi ?

Nicolas : Oui. Pourquoi tu demandes ça ?

Claire : Le boulot, ça va ?

Nicolas : Très bien, et toi ?

Claire : Moi, ça va.

Nicolas : Installe-toi sur le canapé, là, je vais nous servir un truc à boire.

Claire s'assied tandis que Nicolas sort non sans avoir jeté un dernier coup d'œil à Claire et au bouquet.

Claire : Qu'est-ce qui lui prend ?

Nicolas *(off)* : Je voulais te demander…

Claire : Ah, je me disais aussi !

Nicolas *(off)* : Qu'est-ce que tu dis ?

Claire : Non rien ! Qu'est-ce que tu veux me demander ?

Nicolas *(off)* : T'as rien remarqué ?

Claire : Si.

Nicolas *(revenant avec deux verres)* : Ah, tu l'as remarqué quand même ! Ça m'étonnait aussi !

Claire : J'ai remarqué que tu étais un peu bizarre.

Nicolas : Non, je ne te parle pas de moi ! Je te parle de… comment ça, je suis bizarre ?

Claire : Ben oui, je te trouve un peu bizarre ce soir. Qu'est-ce que tu complotes ?

Nicolas : Moi ? Rien ! Qu'est-ce que tu vas imaginer ?

Claire : Écoute, je te connais quand même un peu, et là t'es pas normal.

Nicolas : Merci, ça fait plaisir ! Je ne suis pas normal ! Dis que je suis con pendant que tu y es !

Claire : Mais non, pas dans ce sens-là. Dans ce sens-là, je le sais déjà…

Nicolas : Quoi ?

Claire : Je te taquine ! Non, je te trouve juste un peu… surexcité. Un peu comme un gamin qui prépare un mauvais coup et qui a du mal à se retenir avant de faire sa bêtise.

Nicolas : Alors, je te jure qu'à part le repas de ce soir, je ne prépare aucune bêtise !

Claire : Tu prépares le repas ?

Nicolas : Oui !

Claire : Tu vois, ça aussi c'est bizarre !

Nicolas : Ah ben c'est surtout sympa pour moi, ça aussi ! Que tu dises que ce n'est pas habituel, à la rigueur, je le veux bien. Mais de là à dire que c'est bizarre !

Claire : Oui, bon d'accord, c'est pas habituel. C'est un peu comme si tu rentrais avec un bouquet de fleurs.

Nicolas : Qu'est-ce que tu viens de dire ?

Claire : Ben quoi, c'est vrai ! Tu ne peux pas dire que tu m'en offres souvent.

Nicolas : Tu le fais exprès ?

Claire : Mais c'est pas un reproche. Je sais bien que tu m'aimes et que c'est pas ton truc d'offrir des fleurs ou de préparer un repas.

Nicolas : Et un ophtalmo, t'as jamais songé à consulter un ophtalmo ?

Claire : Un ophtalmo ? Pour quoi faire un ophtal… *(avisant enfin le bouquet)* Qu'est-ce que c'est que ça ?

Nicolas : Ah quand même ! Je n'y croyais plus ! Des fleurs, ce sont des fleurs ! Mais je comprends que tu ne saches pas ce que c'est vu que je ne t'en offre jamais ! Donc ça, c'est ce qu'on appelle des fleurs !

Claire : Oui, non mais ça je le vois bien. Mais… Pourquoi ?

Nicolas : Pourquoi ce sont des fleurs ?

Claire : Non, pourquoi elles sont là ?

Nicolas : Ben, parce que je trouvais que ça faisait bien là, sur la table basse. Mais on peut les mettre ailleurs, si tu veux.

Claire : Non, non, non, elles sont très bien là.

Nicolas : Elles ne te plaisent pas ?

Claire : Si, si, si. C'est pas ça…

Nicolas : Ben c'est quoi ?

Claire : Quoi ?

Nicolas : Je ne sais pas. Tu as l'air… je ne sais pas…

Claire : Surprise.

Nicolas : C'est vrai ?

Claire : Oui, c'est ça, surprise.

Nicolas : Cool. Ça tombe bien, c'était le but recherché… Te faire une surprise.

Claire : C'est gagné. Mais c'est en quel honneur ?

Nicolas : Ben rien, comme ça, pour le plaisir d'offrir comme on dit. Tout à l'heure en rentrant, je suis passé devant le fleuriste. Et je ne sais pas pourquoi mais ce bouquet m'a tapé dans l'œil. Alors je me suis dit : Tiens, et si je l'offrais à Claire ? Surtout que je ne lui en offre jamais, ça va la surprendre !

Claire : Ça t'es venu, comme ça ?

Nicolas : Ouais.

Claire : D'un coup ?

Nicolas : Ouais… Qu'est-ce qu'il y a ?

Claire : Non, rien.

Nicolas : Elles te plaisent pas ?

Claire : Si, si, si ! T'es un amour. C'est super gentil.

Nicolas : Et c'est pas tout ! Comme je suis arrivé avant toi, je me suis dit et si je préparais aussi le souper. Histoire que ma surprise soit encore plus grosse.

Claire : Waouh !

Nicolas : Oui tu as raison. Extasie-toi avant d'avoir goûté. Parce qu'après, je ne suis pas sûr que tu seras du même avis.

Claire : Tu as préparé quoi ?

Nicolas : Des pâtes ! Avec un pavé de saumon, en papillote.

Claire : Eh ben !

Nicolas : Qu'est-ce que t'en dis ?

Claire : Rien. Je ne sais pas quoi dire. Je suis sans voix !

NOIR

Scène 3

Claire se tient à l'avant-scène.

Claire : Avec Nicolas nous nous sommes rencontrés à un entretien d'embauche. J'attendais patiemment mon tour quand il est entré dans la salle. Sa façon de me regarder, je peux le dire maintenant, c'était gênant ! Il s'est approché de moi et il m'a demandé si j'étais là pour le poste. J'ai cru que c'était lui qui faisait passer les entretiens alors je lui ai décoché mon plus beau sourire et j'ai répondu par l'affirmative. Et tout de suite il m'a invité à prendre un verre le soir même. Moi, toujours dans le doute, je me suis dit que si ça pouvait augmenter mes chances d'être recrutée, je n'avais pas intérêt à refuser. Faut me comprendre aussi, c'est tellement difficile de décrocher un premier poste important ! Bon, après, j'ai vite compris que j'avais fait une erreur de jugement et qu'il était là pour la même chose que moi. Mais comme j'ai eu le poste, je me suis dit que c'était peut-être un signe et que je lui devais bien un verre. Honnêtement, il n'a rien de charmant ou de sexy. Mais finalement, il a su me toucher par sa maladresse, son manque d'assurance. Ou alors, j'ai un côté maternel très développé, je ne sais pas.
Bref, c'est comme ça qu'on s'est rencontrés.
Mais depuis quelque temps, depuis ma dernière promotion en fait, je ne sais pas ce qu'il a, est-ce qu'il est jaloux parce que lui, ça fait longtemps qu'il n'en a pas eu, j'ai l'impression qu'il a changé. Quand il est à la maison, il ne me parle plus autant qu'avant, il tourne en rond. J'ai l'impression qu'il me cache quelque chose.
Et hier, quand je suis rentrée, il avait préparé le repas et m'avait acheté un bouquet de fleurs.
Ce n'est pas dans ses habitudes de faire ça.
J'ai trouvé ça bizarre.

NOIR

Scène 4

L'action se passe chez Ronan, l'ami de Nicolas. Tous deux dégustent une bière à même la bouteille.

Ronan : Alors ?

Nicolas : Elle est bonne.

Ronan : Je ne te parle pas de la bière. T'as suivi mon conseil ? T'as offert un bouquet à Claire ?

Nicolas : Ah ! Ouais, ouais, je lui ai offert. Comme t'as dit. Bonne idée. Merci vieux.

Ronan : Pas de quoi.

Un temps.

Ronan : Et… ?

Nicolas : Et quoi ?

Ronan : Ben, qu'est-ce qu'elle a dit ?

Nicolas : Que j'étais con.

Ronan : Quoi ?

Nicolas : Non, en fait, elle a pas dit ça comme ça. Mais elle m'a trouvé bizarre.

Ronan : Bizarre ?

Nicolas : Ouais.

Ronan : Pourquoi ?

Nicolas : Je sais pas.

Ronan : T'étais bizarre ?

Nicolas : Non, j'étais pas bizarre.

Ronan : Ben pourquoi elle t'a trouvé bizarre si t'étais pas bizarre ?

Nicolas : J'en sais rien moi. C'est elle qu'a dit ça, que j'étais bizarre.

Ronan : C'est bizarre.

Nicolas : Toi aussi ?

Ronan : Quoi ?

Nicolas : Tu me trouves bizarre ?

Ronan : Pas plus que d'habitude. Pourquoi ?

Nicolas : Tu viens de le dire.

Ronan : Mais non, t'as rien compris. J'ai pas dit que t'étais bizarre. J'ai dit que je trouvais ça bizarre que Claire t'ait trouvé bizarre. C'est tout !

Nicolas : Ah !

Ronan : C'est plus clair ?

Nicolas : Qu'est bizarre ?

Ronan : Quoi ?

Nicolas : C'est Claire que tu trouves bizarre ?

Ronan : Voilà, c'est ça. Mais tu lui as dit quelque chose ? T'as fait quelque chose ?

Nicolas : Non. Enfin, rien de spécial. J'ai juste acheté un bouquet. Un beau en plus.

Ronan : Oui, je me doute que t'es pas rentré chez la fleuriste en demandant le bouquet le plus moche !

Nicolas : Non. Ce que je veux dire c'est que c'était pas le premier prix. Bon c'était pas non plus le plus cher, mais…

Ronan : Oui, c'était un bouquet, quoi !

Nicolas : Oui… mais un beau.

Ronan : Oui, bon, bref, et ensuite ?

Nicolas : Ben, comme je suis arrivé le premier à la maison, je l'ai mis dans un vase et j'ai posé le vase sur la table basse, comme ça, mine de rien.

Ronan : Et ?

Nicolas : Ben, c'est tout.

Ronan : C'est tout ?

Nicolas : Ouais.

Ronan : Et c'est pour ça qu'elle t'a trouvé bizarre ?

Nicolas : Ouais. Et aussi parce que j'ai préparé le repas.

Ronan : T'as préparé le repas ?

Nicolas : Ouais. Bon, rien de super, super mais c'était pas dégueu du tout. J'ai fait du saumon.

Ronan : Mais t'es con !

Nicolas : Pourquoi ? Fallait pas faire de saumon ? Pourtant, elle aime bien ça, le saumon, Claire.

Ronan : Je te parle pas de ça. Pourquoi t'as préparé le repas ?

Nicolas : Ben, franchement, je sais pas ce qui m'a pris. J'étais de bonne humeur. L'idée du bouquet, je trouvais ça bien. En plus comme je suis arrivé avant Claire, je me suis dit que ça pourrait lui faire plaisir. Alors, hop, je me suis lancé. Fallait pas ?

Ronan : Ben non. Pas tout en même temps !

Nicolas : T'aurais fait quoi, toi ?

Ronan : Rien. Rien du tout. Le bouquet ça suffisait.

Nicolas : Ah bon ? Ça suffisait ? Le saumon c'était de trop alors ?

Ronan : Ben ouais ! Bon, éventuellement, je dis bien éventuellement, si vraiment tu y tenais, le saumon, tu le faisais quelques jours plus tard. Il était bon au moins ?

Nicolas : Ouais, ouais, carrément. Je ne suis pas mécontent. Je dois dire que je le réussis pas trop mal le saumon en papillote. C'est un peu ma recette fétiche, mon plat signature, tu vois ?

Ronan : Ouais je vois. Mais enfin, ce que je vois surtout, c'est que t'as cumulé le bouquet et le repas. Ça fait quand même beaucoup !

Nicolas : Maintenant que tu le dis…

Ronan : Tu m'étonnes qu'elle t'ait trouvé bizarre ! Bon d'un autre côté, si elle t'as trouvé bizarre, ça veut dire que t'as excité sa curiosité. Et ça marche toujours, ça, la curiosité, chez une femme.

Nicolas : Ouais, tu as raison.

Ronan : J'ai toujours raison.

Nicolas : Non pas toujours. Mais là, pour le coup, je dois dire que c'était une bonne idée. Simple mais efficace.

Ronan : Ce sont toujours les idées les plus simples qui sont les meilleures !

Nicolas : En tout cas, je te remercie. T'es vraiment un pote !

Ronan : Ouais, t'inquiète !

NOIR

Scène 5

L'action se passe chez Nathalie, l'amie de Claire.

Nathalie : Des fleurs ?

Claire : Un bouquet.

Nathalie : En quel honneur ?

Claire : C'est exactement ce que je lui ai demandé.

Nathalie : Et ?

Claire : Et rien. Comme ça. Pour le plaisir, qu'il a dit.

Nathalie : C'est tout ?

Claire : Ouais. Ah non, il a aussi préparé à manger.

Nathalie : Non ?

Claire : Enfin, quand je dis « à manger »…

Nathalie : C'était pas bon ?

Claire : La cuisine, c'est pas son fort. Mais c'est l'intention qui compte, non ?

Nathalie : Et il fait ça souvent ?

Claire : La cuisine ? Non ! Et c'est très bien comme ça. En plus, il fait toujours du saumon en papillote. Je n'en peux plus de son saumon en papillote. On dirait de l'éponge.

Nathalie : Pourquoi tu ne lui dis pas ?

Claire : Je ne veux pas le vexer. Il a l'air tellement fier de lui à chaque fois !

Nathalie : Et les fleurs ?

Claire : Quoi les fleurs ?

Nathalie : Le bouquet de fleurs, il t'en offre souvent ?

Claire : Jamais. Il a dû m'en offrir un, une ou deux fois, au début. Lui, c'était plutôt le style rose, tu vois ? Ça, je dois dire qu'il m'en a offert souvent. C'est bien simple, je crois qu'à chaque fois qu'on se voyait, il venait avec une rose. Mais je dois reconnaître que c'est bien fini ce temps-là.

Nathalie : Oui, c'est un grand classique chez les mecs, ça. Au début ils te sortent le grand jeu, pour t'appâter. Et puis, une fois que tu es prise dans leur filet, tu peux dire adieu aux fleurs et aux sorties romantiques.

Claire : Non, pas Nicolas !

Nathalie : Ah ouais ? Je croyais qu'il avait cessé de t'offrir des fleurs ?

Claire : Oui c'est vrai…

Nathalie : Tous les mêmes je te dis. Philippe c'était pareil. Avant notre mariage, moi aussi, j'y ai eu droit au grand jeu, la totale. Fleurs par-ci, fleurs par là et vas-y que je t'emmène le soir au resto en tête à tête en plein milieu de la semaine, que je t'organise un petit week-end surprise à Deauville et même à Venise.

Claire : Eh ben, tu lui as coûté cher !

Nathalie : Ah ça, il en a dépensé du fric pour m'avoir. Et puis, une fois mariée, j'en ai plus vu beaucoup des fleurs. Les restos, c'est devenu les fameuses soirées « BPF » Bières-Pizza-Foot ! Un vrai bourrin quoi ! Il avait bien caché son jeu, l'enfoiré !

Claire : De ce côté-là, je ne risque rien, Nico n'aime pas le foot !

Nathalie : Non, lui c'est la randonnée !

Claire : Et alors ?

Nathalie : C'est un truc de vieux, c'est pas mieux !

Claire : T'exagères !

Nathalie : Bien sûr ! Il n'y a pas de pire aveugle que celle qui ne veut pas voir.

Claire : Pour le moment c'est toi la vieille. On dirait ma grand-mère avec tes dictons !

Nathalie : Moque-toi, vas-y ! Rira bien qui rira la dernière !

Claire : Tu comptes me réciter tous les proverbes que tu connais ce soir ?

Nathalie : Je te mets juste en garde, c'est tout.

Claire : Tu me mets en garde à propos de quoi ?

Nathalie : Nico !

Claire : Qu'est-ce que tu me racontes ?

Nathalie : Écoute ! Je sais de quoi je parle, je suis passée par là ! Et t'as vu où j'en suis ? Qu'est-ce que j'ai gagné ? Cinq ans de mariage et un divorce.

Claire : Tu divagues complètement ! Nico m'a offert un bouquet de fleurs ! On ne va quand même pas divorcer pour ça !

Nathalie : Et pourquoi il t'offre des fleurs, comme ça, sans raison ? Un mec, ça fait jamais rien sans raison.

Claire : Peut-être que c'est juste sa façon de me dire qu'il m'aime toujours ?

Nathalie : Pourquoi ? Il ne te le dit plus non plus ?

Claire : Plus autant, non.

Nathalie : Et d'un coup, il t'offre des fleurs ? Comme ça ? Ça lui a pris comme une envie de pisser ?

Claire : Et pourquoi pas ?

Nathalie : Et s'il voulait se faire pardonner ?

Claire : Pardonner quoi ?

Nathalie : Je ne sais pas. C'est... c'est bizarre.

Claire : Oui, je lui ai dit ça aussi.

Nathalie : Ah, tu vois, tu le reconnais.

Claire : Oui mais tous les mecs sont bizarres. Il n'y a pas que Nico, ils le sont tous, tout le temps.

Léger temps.

Nathalie : Oui, c'est vrai. Tu as probablement raison. Excuse-moi Claire. C'est moi qui vois le mal partout. C'est juste que je suis ton amie, je t'aime et je ne voudrais pas qu'il t'arrive quoi que ce soit.

Claire : C'est gentil de veiller sur moi.

Nathalie : Promets-moi juste de faire attention.

Claire : Promis... maman !

Nathalie : Oh la garce !

NOIR

Scène 6

On retrouve l'appartement de Claire et Nicolas. Tous deux sont lovés dans le canapé, chacun avec une tablette à la main.

Nicolas : Tu regardes quoi ?

Claire : C'est Ambre, ma collègue, qu'a mis des photos de son week-end à Bilbao.

Nicolas : À Bilbao ? En Espagne ?

Claire : Ben oui, Bilbao, c'est pas en Italie !

Nicolas : Oui, je sais, merci. Je ne suis pas très bon en géo, mais quand même ! Qu'est-ce qu'elle est allée foutre à Bilbao ?

Claire : Elle est allée visiter une exposition de voiture de collection.

Nicolas : Ah ouais ?

Claire : Ouais, avec son mec, ils sont passionnés de voitures anciennes. Du coup, ils en ont profité pour se faire un petit week-end.

Nicolas : Palpitant !

Claire : Ben quoi ?

Nicolas : Rien, chacun ses goûts.

Claire : Ah ben, c'est sûr que c'est pas avec toi que j'irai à Bilbao !

Nicolas : Pourquoi tu dis ça ? Tu aimes les voitures anciennes, toi ?

Claire : Non, pas spécialement !

Nicolas : Ben voilà, moi non plus ! Alors pourquoi tu voudrais qu'on aille à Bilbao ?

Claire : Pour rien. Laisse tomber.

Nicolas : Pas compris !

Claire : Laisse tomber, je te dis. Ou plutôt non, tiens, aide-moi !

Nicolas : À quoi ?

Claire : Le repas de ce soir. Je ne sais pas quoi faire.

Nicolas : On pourrait faire du saumon, non ?

Claire : Ah, non.

Nicolas : Pourquoi ? T'aimes plus ça ?

Claire : Si, mais là, j'ai envie de manger autre chose.

Nicolas : OK, ben là, j'ai pas d'idée. T'as qu'à regarder sur internet. Il y a plein de sites pour ça.

Claire : Merci pour le conseil.

Nicolas : Je t'en prie.

Claire : Et toi, tu fais quoi ?

Nicolas : Rien. Je surfe… au hasard. J'erre sur le net.

Claire : Hé ben ! Des millions d'années d'évolution de l'homme pour en arriver là ! C'est beau !

Nicolas : Toi aussi, t'es belle.

Claire : J'ai trouvé ! Poulet basquaise !

Nicolas : Hein ?

Claire : Ça te dit un poulet basquaise ?

Nicolas : Ouais, pourquoi pas !

Claire : *(Se levant et se dirigeant vers la cuisine)* Allez, vendu ! C'est parti pour un poulet basquaise.

Nicolas : Tu veux que je t'aide ?

Claire : Non, merci. Continue à errer et à participer à l'évolution de l'homme.

Nicolas : Très drôle !

Claire : Oui, je suis une femme belle et pleine d'humour, je sais !

Elle sort.

Nicolas : *(Pour lui)* Tu sais, tu sais… Tu ne sais rien du tout, oui ! Attends de voir l'idée que je viens d'avoir !

Claire : *(En off)* Qu'est-ce que tu dis ?

Nicolas : Rien. Je… Je chante. *(Après avoir vérifié qu'elle était bien sortie)* Bon voyons, ça ! Qu'est-ce que je pourrais bien trouver là-dedans ?

Claire : *(En off)* Ah merde !

Nicolas : Quoi ? Qu'est-ce qu'il y a ?

Retour de Claire.

Claire : Changement de programme. Ça te va un poulet basquaise végan ?

Nicolas : Un quoi ?

Claire : Un poulet végan.

Nicolas : Ben je m'en fous, ça doit avoir le même goût, non ?

Claire : Tu me fais marcher ?

Nicolas : Non pourquoi ?

Claire : Nico ! Un poulet végan !

Nicolas : Oui, j'ai compris.

Claire : Et ?

Nicolas : Et c'est bien, non ?

Claire : Tu te fous de moi ?

Nicolas : Mais oui ! Je déconne. Il n'y a plus de poulet, c'est ça ?

Claire : Oh purée, tu m'as fait peur !

Nicolas : Ouais, t'as vu ? Moi aussi, je peux être super drôle comme mec !

Claire : Je ne dirais pas ça.

Nicolas : Bon, tu veux que j'aille en chercher ?

Claire : S'il te plaît !

Nicolas : Pas de souci, j'y vais. Je prends deux cuisses, ça suffira ?

Claire : Prends un poulet entier, je mettrai le reste au congèle.

Nicolas : OK !

Claire : Bon, ben je vais continuer, du coup !

Nicolas : C'est ça ! Occupe-toi de la basquaise pendant que je m'occupe du poulet !

Claire sort côté cuisine.

Nicolas : Mais avant, je finis ce que j'ai commencé. *(Nicolas reprend sa tablette un instant.)* Oh ! Je crois que j'ai trouvé ! Ouais, c'est pas mal, ça ! *(Il prend son téléphone et compose un numéro)*. Juste vérifier un truc avant, que je ne fasse pas de connerie.

Ronan : Allô ?

Nicolas : Ouais, c'est moi !

Ronan : Salut, ça va ?

Nicolas : Ouais, ça va, et toi ?

Ronan : Ça va. Quoi de neuf ? Pourquoi tu m'appelles ?

Nicolas : Je voulais ton avis.

Ronan : À propos de quoi ?

Nicolas : Qu'est-ce que tu penses d'un week-end ?

Ronan : Un week-end ?

Nicolas : Tu ne sais pas ce que c'est qu'un week-end ?

Ronan : Si ! Je ne suis pas complètement con !

Nicolas : Si tu le dis ! Bon ben alors ? C'est une bonne idée ou pas ?

Ronan : Ben… ouais… ouais, c'est même une super idée !

Nicolas : C'est vrai, tu trouves ?

Ronan : Ouais ! Mais, quand et où ?

Nicolas : Ah ! Alors quand ? Je ne sais pas encore. Faut voir avec nos emplois du temps !

Ronan : Eh bien, écoute, quand tu veux, je suis chaud, mon gars ! Ah non, pas ce week-end là, mais le week-end d'après, je suis pris !

Nicolas : Quoi ?

Ronan : J'ai peut-être un rencart ! C'est pas encore sûr, mais on ne sait jamais ! Je viens de m'inscrire sur un site de rencontre alors je préfère me garder un créneau de libre au cas où. Mais sinon, c'est quand tu veux ! Et on va où ?

Nicolas : Hein ? Ah non, non, mais toi, tu vas nulle part !

Ronan : Quoi ?

Nicolas : Non, t'as pas compris. Moi, je pensais plutôt à Claire et moi, tu vois ?

Ronan : À Claire et toi ?

Nicolas : Ben oui.

Ronan : Ah ben oui. Non, mais j'avais compris, c'était… c'était pour te faire marcher.

Nicolas : Ah ouais ?

Ronan : Ben ouais, qu'est-ce que tu crois ? Je ne suis pas débile !

Nicolas : J'ai jamais dit ça !

Ronan : Bon alors, c'est quoi ton plan ?

Nicolas : Je me demandais si après le bouquet, c'était une bonne idée un petit week-end surprise en amoureux ?

Ronan : Mais carrément, il y a une progression, en plus, c'est génial ! Et vous allez aller où ?

Nicolas : Ah, Ah ! Mystère… Je te le dis pas, mais je crois que ça va être…

Entrée de Claire.

Claire : Ah tiens t'es pas encore parti ?

Nicolas : Non. Je suis au téléphone avec Ronan.

Claire : Ah !

Ronan : C'est Claire ? Passe-lui le bonjour de ma part !

Nicolas : Il te passe le bonjour.

Claire : Bonjour Ronan !

Nicolas : Elle te passe le bonjour.

Ronan : Ouais, j'ai entendu !

Nicolas : Bon, ben, je te laisse.

Ronan : Hein ? Mais non, tu ne m'as pas dit où tu comptais aller…

Nicolas : Je te le dirai plus tard…

Ronan : Allez, vas-y, dis-le-moi !

Nicolas : À plus !

Ronan : OK ! À plus !

Nicolas : Salut ! *(À Claire)* C'était Ronan.

Claire : Oui, j'avais compris.

Nicolas : Bon, ben, j'y vais.

Claire : Ben oui, parce que j'attends, moi !

Nicolas : T'as pas besoin d'autre chose ?

Claire : Non.

Nicolas : OK, à tout de suite.

Claire : À tout de suite.

Nicolas sort. Claire prend son téléphone.

Nathalie : Allô ?

Claire : Salut, c'est moi.

Nathalie : Coucou ma chérie, ça va ?

Claire : Bof.

Nathalie : Quoi ? Qu'est-ce qu'il y a ? C'est Nico, c'est ça ?

Claire : Ouais, je le trouve, je ne sais pas… Je me pose des questions.

Nathalie : Qu'est-ce qu'il a fait ?

Claire : Rien de spécial. C'est plus dans son attitude. Parfois, il… Non, rien, peut-être que je me fais juste des films ?

Nathalie : T'inquiète pas, je suis là ! Et puis, tu sais, avec les mecs, c'est normal de se faire des films. D'ailleurs ce ne sont pas juste des films qu'on devrait se faire, mais des superproductions ! Vas-y, raconte !

Claire : Je l'ai surpris au téléphone.

Nathalie : Avec qui ? Une femme ?

Claire : Non, Ronan, son meilleur ami.

Nathalie : Ah ! Et ils parlaient de quoi ?

Claire : Ben justement, quand il m'a vue, Nico a arrêté de parler et il a raccroché tout suite après, tu vois ?

Nathalie : Ouais, je vois. Comme s'il ne voulait pas que tu saches ce qu'ils complotaient.

Claire : Oui, c'est un peu l'impression que j'ai eue.

Nathalie : Je ne voudrais pas être pessimiste, mais à mon avis, c'est pas juste une impression.

Claire : C'est ce que je me suis dit aussi ! Bon, après, c'est peut-être pas grave…

Nathalie : Ouais, tu penses ! Déjà qu'un mec, tout seul, c'est con, mais si t'en mets deux ensemble, ça multiplie la connerie ! Tiens, imagine, c'est comme si ton mec venait te voir et te disait : chérie, j'ai réfléchi et j'ai eu une idée. Ça t'est jamais arrivé, ça ?

Claire : Si.

Nathalie : Et je suis sûre, qu'à ce moment-là, tu as eu peur ? Genre, tu t'es dit : qu'est-ce qu'il va me pondre encore, cet abruti ?

Claire : Pas dans ces termes-là, non, quand même pas !

Nathalie : Ah non ? Ça t'a pas fait peur ?

Claire : Non. Une légère appréhension, tout au plus.

Nathalie : Ouais, c'est ça, on va appeler ça comme ça, si tu veux ! Une légère appréhension ! Bref, imagine alors, qu'en plus, juste derrière ton mec, il y a son pote qui est là, avec un sourire débile, tu vois, et qui te dit, tout excité : ah ouais c'est une super idée, tu vas voir ! Là je suis sûre, on va être d'accord, c'est plus de la légère appréhension que tu as, c'est même pas de la peur, là on passe directement à de la panique !

Claire : Tu délires !

Nathalie : Je connais les mecs. Je sais de quoi ils sont capables !

Claire : Et du coup, je fais quoi ?

Nathalie : Tu te méfies, tu ouvres l'œil, et tu restes sur tes gardes. La connerie, tu ne pourras pas l'empêcher, mais au moins, tu seras prête. Donc, tu attends et tu vois venir.

Claire : OK.

Nathalie : Crois-moi, c'est ce que tu as de mieux à faire. Tu sais ce qu'on dit : Méfiance est mère de sûreté !

Claire : Tiens, ça m'avait manqué, ça

Nathalie : Quoi ?

Claire : Tes proverbes. En fait, je ne voulais pas l'avouer, mais c'est uniquement pour ça que je t'appelais. Pour connaître le dicton du jour !

Nathalie : Tu te fous de moi ?

Claire : Non, pas du tout. Ça m'a fait du bien de t'entendre. Ça me remonte le moral. Je te remercie.

Nathalie : À ton service.

Claire : Allez, je ne t'embête pas plus longtemps, j'ai un poulet basquaise qui m'attend.

Nathalie : OK, je t'embrasse.

Claire : Moi aussi, tchao ! *(Elle pousse un gros soupir)* Bon, j'ai plus qu'à attendre le poulet… et la connerie qui ne devrait pas tarder à suivre.

NOIR

Scène 7

On retrouve l'appartement de Claire et Nicolas quelques jours plus tard.

Nicolas : Tiens !

Claire : C'est quoi ?

Nicolas : Ouvre, tu verras bien.

Claire : Des billets d'avion ?

Nicolas : Hum hum. Regarde bien.

Claire : Venise. Qu'est-ce que c'est ?

Nicolas : Une ville en Italie.

Claire : Non, je veux dire, c'est pour quoi ? C'est en quel honneur ?

Nicolas : Ben comme ça !

Claire : Comme ça ?

Nicolas : Oui.

Claire : Juste comme ça ?

Nicolas : Oui, pourquoi ? Il faut une raison particulière pour qu'on parte en week-end ?

Claire : Mais on ne part jamais en week-end, comme ça, sans raison.

Nicolas : Ah bon ? Ça ne se fait pas ?

Claire : Je ne dis pas que ça ne se fait pas. Je dis que, nous, on ne le fait pas. On n'est jamais partis en week-end, comme ça, sans raison.

Nicolas : Ben justement.

Claire : Quoi justement ?

Nicolas : Ben, pourquoi on ne partirait pas, nous aussi, en week-end, comme ça, sans raison ? Hein ?

Claire : Je ne sais pas.

Nicolas : Ben voilà ! Il n'y a aucune raison pour qu'on ne puisse pas partir sans raison.

Claire : Je ne te suis pas.

Nicolas : Bon, OK, j'ai compris. Une raison ? C'est ça que tu veux ? Une raison ?

Claire : Oui.

Nicolas : Je t'aime.

Claire : Tu m'aimes ?

Nicolas : Ouais.

Claire : Et alors ?

Nicolas : Ben, c'est une bonne raison ça, non ?

Claire : Et donc les autres week-ends, tu ne m'aimais pas ?

Nicolas : Hein ?

Claire : Vu que c'est la première fois que tu m'offres un week-end et que tu me dis que c'est parce que tu m'aimes, je suis en droit de penser qu'avant, les autres week-ends, tu ne m'aimais pas.

Nicolas : Qu'est-ce que tu racontes ? T'es fatiguée toi, non ?

Claire : Un peu.

Nicolas : Ben voilà c'est aussi pour ça le week-end. Je me suis dit que tu bossais pas mal ces derniers temps. Alors un petit week-end en amoureux, histoire de se changer un peu les idées, ça pourrait pas nous faire de mal.

Claire : T'as besoin de te changer les idées, toi ?

Nicolas : Moi ? Heu, oui… enfin non, enfin, je veux dire… Je ne comprends pas. Ça ne te fait pas plaisir ?

Claire : C'est moi qui ne comprends pas, Nicolas.

Nicolas : Qu'est-ce que tu ne comprends pas ?

Claire : Tout. Le saumon et les fleurs l'autre jour. Venise aujourd'hui. Demain, ça sera quoi ?

Nicolas : Je ne sais pas encore. Et puis, si je te le dis avant, ça gâcherait la surprise.

Claire : Attends, tu veux dire que tu en prévois d'autres des… surprises ?

Nicolas : Je ne dis rien. Tu verras bien.

Claire : Tu me caches quelque chose ?

Nicolas : Quoi ?

Claire : Je ne sais pas. Je te demande.

Nicolas : Mais qu'est-ce que tu veux que je te cache ?

Claire : Je ne sais pas, je te dis.

Nicolas : Ben non, je ne te cache rien.

Claire : T'es sûr ?

Nicolas : Oui.

Claire : Qu'est-ce que tu veux te faire pardonner ?

Nicolas : Me faire pardo… mais j'ai rien à me faire pardonner. Qu'est-ce que c'est que cette histoire ? J'hallucine, là !

Claire : Et moi ? Tu crois que je n'hallucine pas, peut-être ?

Nicolas : Qu'est-ce qu'il te prend ?

Claire : Qu'est-ce qu'il me prend ? Tu me demandes, à moi, qu'est-ce qu'il me prend ? Mais c'est moi qui te pose la question, Nicolas, qu'est-ce qu'il te prend depuis quelque temps ?

Nicolas : Alors là, je ne comprends pas. Je ne comprends pas ce qu'il t'arrive. Moi, je nous organise juste un petit week-end en amoureux, à Venise. Je pensais vraiment que ça te ferait plaisir. Et toi, au lieu d'être heureuse, de me sauter au cou pour me remercier, tu… tu… Je ne sais pas. Écoute, on doit être fatigués tous les deux.

Claire : Je le pense aussi.

Nicolas : Alors voilà ce qu'on va faire. Pour ce soir, on oublie Venise. On va descendre et on va aller chez Gino se prendre une pizza. Tu les aimes les pizzas de chez Gino, non ?

Claire : Ouais.

Nicolas : Voilà. Ensuite, on rentre et on se couche et on reparlera de tout ça demain. D'accord ?

Claire : D'accord.

Nicolas : Voilà ! En plus la pizzeria ça nous mettra déjà un peu dans l'ambiance de Venise.

Claire : Hein ?

Nicolas : Non, je n'ai rien dit ! Je n'ai rien dit ! Viens, on y va.

NOIR

Scène 8

Chez Ronan, l'ami de Nicolas.

Nicolas : J'ai rien compris.

Ronan : Tu m'étonnes !

Nicolas : Non mais franchement, tu y crois, toi, à ça ?

Ronan : J'avoue, je suis étonné, je ne comprends pas non plus.

Nicolas : Toi non plus ?

Ronan : Non.

Nicolas : Quand même, je lui offre un week-end en amoureux à Venise ! C'est pas rien, ça ! Toutes les femmes en rêvent, non ?

Ronan : Ben, normalement, oui.

Nicolas : Et elle, elle me fait une scène !

Ronan : Là, comme ça, je dirais… peut-être que c'est mal tombé… qu'elle était perturbée à cause d'un problème de filles.

Nicolas : Ouais mais lequel ?

Ronan : Hein ?

Nicolas : Lequel problème ?

Ronan, incrédule, dévisage Nicolas un court instant.

Ronan : Ben…

Nicolas : Hein ? Ah oui, non. Non, mais c'est bon, j'ai compris. Mais c'est pas ça, c'est autre chose. Il y a un problème, c'est sûr. Mais quoi ?

Ronan : Hum… Du coup, vous faites quoi ?

Nicolas : Comment ça, on fait quoi ?

Ronan : Ben… vous y allez quand même, à Venise ?

Nicolas : Ah ben oui. Ça m'a coûté assez cher comme ça.

Ronan : C'est sûr. C'est pas donné ce truc-là.

Nicolas : Je confirme.

Ronan : Je sais, j'y étais allé une fois avec une nana.

Nicolas : Ah ouais ?

Ronan : Ouais.

Nicolas : Avec qui ?

Ronan : Heu… Alba. Ouais, c'était avec Alba.

Nicolas : Alba… ?

Ronan : Ouais, tu sais la petite blonde là, assez… enfin, une boule d'énergie…

Nicolas : Ah oui ! Ah oui, c'est vrai, je m'en rappelle maintenant. Oui Alba. Elle était mignonne, elle.

Ronan : Ouais. Attends, comment ça, elle était mignonne, elle ? Ça veut dire quoi, ça, elle ? Que je suis sorti avec des moches ?

Nicolas : Ben franchement… Il y en a quand même eu une ou deux.. on se demandait si c'était sincère ou si tu faisais dans le social.

Ronan : Enfoiré !

Nicolas : Non mais c'est vrai quoi !

Ronan : Non mais t'as vu ta gueule, toi ?

Nicolas : Allez c'est bon, je rigole. Alors avec Alba ?

Ronan : Quoi Alba ?

Nicolas : J'en sais rien, c'est toi qui mets Alba sur le tapis. Qu'est-ce que tu voulais me dire ?

Ronan : Ah oui, c'est vrai, Alba. C'est à propos de Venise.

Nicolas : Ouais ? Et alors ?

Ronan : Je suis allé à Venise avec elle. Ça m'a coûté un bras. Mais ça valait le coup. Et surtout n'oublie pas le tour en gondole.

Nicolas : C'est pas un peu cliché, ça ?

Ronan : Mais non, au contraire, c'est super romantique. Les femmes, elles adorent les mecs romantiques. Non ?

Nicolas : Si.

Ronan : Elle n'est pas romantique, Claire ?

Nicolas : Si.

Ronan : Ben voilà, le tour en gondole, obligé !

Nicolas : Moi j'avais plutôt pensé au musée Correr.

Ronan : Qu'est-ce que c'est que ça ?

Nicolas : Un musée sur Venise, je sais pas trop, en fait. C'est la nana à l'agence qui me l'a conseillé.

Ronan : Tu parles, dans les agences ils te racontent n'importe quoi pour pouvoir vendre. Elle aime les musées Claire ?

Nicolas : Ouais, on aime bien.

Ronan : Bon ben garde le musée, on ne sait jamais. Mais surtout n'oublie pas la balade en gondole.

Nicolas : OK.

Ronan : Tu peux me faire confiance. Ça marche à tous les coups. En plus, à un moment, le mec qui conduit la gondole, il te fait passer sous un pont et la tradition c'est de l'embrasser.

Nicolas : Faut embrasser le mec ?

Ronan : Mais non, pas le mec. T'es con ou quoi ? En même temps, tu fais ce que tu veux, tu verras bien. Mais normalement, c'est ta femme que tu dois embrasser. Il paraît que ça porte chance.

Nicolas : Et t'as embrassé Alba, toi ?

Ronan : Je veux, ouais.

Nicolas : Et ça t'a porté chance ?

Ronan : On s'est séparés 3 mois après.

Nicolas : Super.

Ronan : Non mais ça n'a rien à voir. De toute façon on n'avait pas grand-chose en commun. Par contre, après la balade en gondole, t'aurais vu comment elle était câline. Je peux te dire, mec, on a passé une super nuit !

Nicolas : Je ne veux pas savoir.

Ronan : Tu vas voir, tu vas adorer ton week-end !

Nicolas : Ouais. Enfin, ce que j'espère surtout, c'est que Claire va adorer !

Ronan : Je te le garantis !

NOIR

Scène 9

Chez Nathalie, l'amie de Claire.

Nathalie : Alors ?

Claire : C'était sympa. On a visité : le Palais des Doges, la Basilique Saint-Marc…

Nathalie : Ben, tiens ! Évidemment…

Claire : Quoi ?

Nathalie : Les trucs classiques, quoi !

Claire : Heu… ouais. Le musée Correr aussi.

Nathalie : Ah, celui-là je le connais pas.

Claire : C'était bien.

Nathalie : Et la balade en gondole ? Tu y as eu droit ?

Claire : Oui ! Au début j'avais un peu peur d'avoir le mal de mer mais…

Nathalie : En gondole ?

Claire : Je n'ai pas le pied marin ! Mais bon, ça c'est super bien passé. On a vu le Pont du Rialto et on est passés sous le Pont des Soupirs…

Nathalie : Et là, le gondolier vous a dit de vous embrasser parce que ça porte bonheur.

Claire : Oui ! C'était…

Nathalie : Magique ! Ouais, ouais, je connais, j'ai eu droit à la même ! Ah les mecs, aucune originalité.

Claire : En même temps, ce sont des incontournables. Quand tu vas visiter Paris, tu te tapes forcément la Tour Eiffel, à Barcelone tu vas voir la Sagrada Familia, à New-York, la statue de la Liberté…

Nathalie : Mouais. Ce que je vois surtout, c'est que les mecs sont tous pareils.

Claire : Comment ça ?

Nathalie : Philippe m'a fait le même coup, je te dis. Le même circuit avec le même gondolier qui te dit de t'embrasser sous le Pont des Soupirs !

Claire : C'est romantique.

Nathalie : Ah bon ? Tu trouves ça romantique, toi ?

Claire : Oui.

Nathalie : Moi, je ne vois pas du tout ce qu'il y a de romantique là-dedans. T'es dans une embarcation qui menace de se retourner ou couler à tout instant avec un gondolier qui chante si faux que tu as les oreilles qui saignent. Tout d'un coup, tu arrives sous le Pont des Soupirs et là, t'as Pavarotti derrière qui est à la limite de t'engueuler parce que tu n'as pas sauté sur ton homme comme la misère sur le monde pour l'embrasser. Sans compter tous les touristes autour, qui attendent que ça pour prendre une photo de ton mec et toi en train de vous galocher frénétiquement tout en priant pour que Richard Cocciante, à l'arrière, ne te donne pas un coup avec sa sorte de rame, là !

Claire : T'as une vision du truc qui fait peur !

Nathalie : La vérité fait toujours peur !

Claire : Et alors, qu'est-ce que ça prouve ?

Nathalie : Rien ! Ça prouve rien. Ah, ils sont forts, les salauds !

Claire : Les gondoliers ?

Nathalie : Mais non, pas les gondoliers ! Enfin si, les gondoliers aussi ! Mais moi je parlais des mecs en général ! Tu sais quoi ? Je me demande s'il n'existerait pas un tour-opérateur spécialisé dans les circuits à Venise pour les mecs qui veulent se faire pardonner un truc.

Claire : Ah non, tu ne vas pas remettre ça ?

Nathalie : Non, non, non, je déconne pas. Et les mecs se refileraient l'adresse entre eux. Un truc que nous, les femmes, on ne peut pas connaître.

Claire : Tu dis n'importe quoi.

Nathalie : Ben moi, ça ne m'étonnerait pas. Je vois bien ton Nicolas avoir appelé cette enflure de Philippe, ambiance genre heu… les conspirationnistes, tu vois ? Ouais, salut Philippe, c'est Nico, t'aurais pas un tuyau à me refiler parce qu'en ce moment, ça va plus trop bien entre Claire et moi et je crois qu'elle se doute de quelque chose ?

Claire : T'es bête !

Nathalie : Ouais t'inquiète, j'ai ce qu'il te faut ; la balade « oublie que je t'entube » à Venise. Ça marche à tous les coups. Tiens, je te file le numéro de l'agence.

Claire : Je t'ai dit qu'on avait eu une discussion avec Nico avant de partir. Il m'a assuré qu'il n'avait rien à cacher.

Nathalie : Une discussion ?

Claire : Ben oui ! Je sais que, pour toi, qui n'a jamais connu ça avec ton mari…

Nathalie : Ex ! Mon ex-mari, s'il te plaît.

Claire : Oui, si tu veux.

Nathalie : Ah oui, oui, je veux ! Je veux même beaucoup !

Claire : Bon, je disais, toi qui n'as jamais eu de discussion nette et franche avec ton ex-mari, tu ne peux pas comprendre.

Nathalie : Une discussion nette et franche ?

Claire : Oui.

Nathalie : Avec un homme ? Il n'y a pas une contradiction dans les termes là ?

Claire : Parfois, tu me fatigues, tu sais ça ?

Nathalie : Une femme avertie en vaut deux !

Claire : Et la voilà repartie avec ses proverbes. Tu ne t'arrêtes jamais ?

Nathalie : Écoute, j'ai bien réfléchi pendant ton *(elle fait le signe de mettre entre guillemets)* week-end romantique !

Claire : Fallait pas.

Nathalie : Tu me remercieras plus tard. Quand même, regarde la vérité en face. Un bouquet, un repas, un week-end, tout ça concentré en une courte période alors que pendant plusieurs années tu n'as eu droit à rien !

Claire : T'exagères…

Nathalie : À peine. Et toi, tu trouves ça normal ?

Claire : Non, je ne dis pas que c'est normal.

Nathalie : Ah ! Quand même !

Claire : Mais je dis que ce n'est pas forcément anormal, non plus !

Nathalie : Non, excuse-moi mais ça, ça n'existe pas. Soit c'est normal, soit c'est anormal ! Mais ça peut pas être entre les deux ou ni un ni l'autre.

Claire : Mais si…

Nathalie : Ah oui ? Alors c'est quoi ? Comment t'appelles ça ? Vas-y, dis-moi parce que je suis curieuse de savoir là !

Claire : Ben c'est… heu…

Nathalie : C'est ?

Claire : Je ne sais pas !

Nathalie : Ben je te le dis, c'est la merde ! Ouvre les yeux. Il y a forcément un truc qui cloche quelque part !

Claire : Mais quoi ?

Nathalie : Je ne sais pas. Mais avec les mecs on peut s'attendre à tout, crois-moi !

Claire : Qu'est-ce que je dois faire ?

Nathalie : Ce que tu dois surtout ne plus faire, c'est te laisser faire justement et gober tout ce qu'il te raconte !

Claire : Oui, tu as peut-être raison.

Nathalie : J'ai raison.

Claire : Je vais faire plus attention.

Nathalie : Tu ferais bien, oui. Depuis votre retour, il a dit ou fait un truc de bizarre ?

Claire : Non. Ah si ! Il m'a dit qu'il aurait une réunion la semaine prochaine et qu'il ne serait pas joignable mais que du coup, il rentrerait certainement plus tôt.

Nathalie : Ah ouais ? Le coup de la réunion. Carrément ! Il en a souvent des réunions, comme ça ?

Claire : Non. Tu crois que je dois me méfier ?

Nathalie : Peut-être pas, non. Il a peut-être vraiment une réunion…

Claire : Ben oui.

Nathalie : Ou peut-être que c'est une excuse bidon ! Mais bien sûr que tu dois te méfier !

Claire : Qu'est-ce que je fais ?

Nathalie : Tu le surveilles, tu l'interroges… Mais attention, mine de rien, hein ! Faut pas qu'il se doute de quoi que ce soit !

Claire : D'accord !

Nathalie : Et n'hésite pas à fouiller dans son portable.

Claire : Quand même pas !

Nathalie : Si, si ! Le répertoire, c'est une bonne source d'informations, crois-moi. Si tu savais ce que j'ai pu trouver dans celui de Philippe.

Claire : Quoi ?

Nathalie : Il avait dissimulé le nom de ses copines sous des noms masculins.

Claire : Et comment t'as su que c'était des femmes alors ?

Nathalie : À cause des noms justement ! Roger, Robert, Maurice, etc. Plus personne n'a de copains avec des noms comme ça. C'est à partir de là que je me suis méfiée. Donc, le répertoire, c'est comme la ceinture.

Claire : La ceinture ? Quelle ceinture ?

Nathalie : C'est obligatoire.

Léger temps. Claire regarde Nathalie de façon dubitative.

Nathalie : Non ça fait rien, laisse tomber. Occupe-toi juste du répertoire.

Claire : OK.

Nathalie : Allez, courage ma chérie. Je suis avec toi.

Claire : Merci.

NOIR

Scène 10

On retrouve l'appartement de Claire et Nicolas. Claire, seule en scène, regarde le téléphone de Nicolas. Ce dernier revient de la salle de bains.

Nicolas : Qu'est-ce que tu fais ?

Claire : Rien.

Nicolas : Ben si. Tu regardais mon portable.

Claire : Ah, non, c'est juste que… j'ai cru qu'il avait sonné mais non. C'est peut-être le mien ?

Nicolas : C'était ma sonnerie ?

Claire : Hein ?

Nicolas : On n'a pas les mêmes sonneries. T'as pas reconnu la sonnerie ?

Claire : Non, mais c'était pas un appel, c'était juste pour un SMS ou une notification pour un rendez-vous ou je ne sais pas quoi.

Nicolas : Ah ! Fais voir ?

Claire : Tiens.

Nicolas : Non, c'est pas le mien.

Claire : Ça doit être moi alors.

Nicolas : Tu ne regardes pas ?

Claire : Si, si !

Claire se lève.

Nicolas : Où tu vas ?

Claire : Dans la cuisine. Je l'ai laissé dans la cuisine.

Nicolas : Et quand ça a sonné, t'as pas remarqué si ça venait de la cuisine ou de là ?

Claire : Non, j'étais perdue dans mes pensées. Et ton téléphone était plus près, alors…

Nicolas : T'avais pas envie de te lever, quoi !

Claire : C'est ça. Je suis fatiguée.

Nicolas : Ben, attends, je vais te le chercher.

Claire : Maintenant que je suis levée…

Elle sort côté cuisine.

Nicolas : Bizarre…

Claire *(off)* : Quoi ?

Nicolas : Non, rien !

Claire revient.

Nicolas : Alors ?

Claire : Alors quoi ?

Nicolas : C'était ton téléphone ?

Claire : Ah, heu, oui, c'était de la pub. Au fait, c'est qui Michel ?

Nicolas : Michel ?

Claire : Oui, Michel.

Nicolas : Michel comment ?

Claire : Heu... je ne sais plus... Heu, Grumeau ou un truc comme ça...

Nicolas : Grumeau ? Non, je ne vois pas.

Claire : T'es sûr ?

Nicolas : Ben oui. Pourquoi ?

Claire : Cherche bien.

Nicolas : Grumeau ?

Claire : Ouais.

Nicolas : Grumeau, non, ça ne me dit rien. Je ne connais pas de Grumeau.

Claire : Non, mais arrête avec ton Grumeau. Je n'ai pas dit qu'il s'appelait Grumeau, j'ai dit que ça ressemblait à Grumeau. Michel Grumeau...

Nicolas : Pfut, non.

Claire : Ou Grameau... ou...

Nicolas : Grameau ?... Ah ! Garrumot ! Michel Garrumot !

Claire : Oui, c'est ça. Michel Garrumot... C'est qui ?

Nicolas : C'était un juriste qui bossait pour une boîte à Marseille. J'ai eu affaire à lui plusieurs fois. Pourquoi ? Tu le connaissais ?

Claire : Non ? Pourquoi tu parles de lui au passé ?

Nicolas : Il est mort l'année dernière. Accident de voiture.

Claire : Ah merde.

Nicolas : Ouais. Mais pourquoi tu me demandes ça ?

Claire : Non, parce que j'ai vu son nom sur ton téléphone, heu… sans faire exprès… et comme ça ne me disait rien, je te demande.

Nicolas : Ah, d'accord.

Claire : Mais pourquoi t'as encore son nom dans ton répertoire s'il est mort l'année dernière ?

Nicolas : Je sais pas. Je n'ai pas pensé à le supprimer.

Claire : Ben, tu peux le faire, là.

Nicolas : Là, maintenant ?

Claire : Puisqu'on en parle.

Nicolas : Si tu veux…

Claire : Ouais.

Nicolas : OK… Voilà, c'est fait. Adieu Michel Garrumot. Repose en paix.

Claire : C'est ça. Qu'il repose en paix, lui !

NOIR

Scène 11

Chez Ronan.

Ronan : Ah, c'est toi ? Vas-y, entre !

Nicolas : Elle a fouillé dans mon portable.

Ronan : Oui, bonjour aussi.

Nicolas : Elle a fouillé dans mon portable, je te dis.

Ronan : Oui, ben, j'ai entendu, mais, pourquoi ?

Nicolas : J'en sais rien, moi !

Ronan : C'est nouveau ça.

Nicolas : Ouais.

Ronan : En même temps, une nana, ça fait jamais rien sans raison. Si elle a fouillé dans ton portable, c'est qu'elle pensait trouver quelque chose.

Nicolas : Qu'est-ce que tu veux qu'elle trouve ?

Ronan : C'est la question que je te pose.

Nicolas : Ben rien…

Ronan : Vraiment ?

Nicolas : Ben oui… À part les numéros de mes amis et pour le boulot…

Ronan : Bon, ben, je ne vois pas. Ou alors, dans tes amis, il n'y aurait pas des amies ?

Nicolas : Quoi ?

Ronan : Des amies « i-e-s » ?

Nicolas : Ah ! Ben si, forcément !

Ronan : Ah ben voilà !

Nicolas : Attends, mais elle les connaît mes amies « i-e-s ». Il y a même plusieurs de ses amies « i-e-s », à elle, qui sont dans mes amies « i-e-s » à moi. C'est pour ça que je suis quasiment sûr qu'elle a déjà le numéro de toutes les femmes qui sont dans mon répertoire.

Ronan : Toutes ?

Nicolas : Mais oui ! Tiens, Nathalie, par exemple, c'est sa meilleure amie « i-e » et elle est dans mon répertoire. Elle connaît tout mon répertoire, je te dis.

Ronan : Tout le monde ?

Nicolas : Mais ouais. J'ai rien à cacher.

Ronan : Ou alors…

Nicolas : Quoi ?

Ronan : Si c'est pas une femme, c'est peut-être un mec ?

Nicolas : Un mec ? Comment ça un mec ?

Ronan : C'est comme une femme mais avec deux boules et un cornet, si tu vois ce que je veux dire !

Nicolas : C'est bon, vas-y, prends-moi pour un con, toi aussi !

Ronan : Non, mais réfléchis cinq minutes. Tu dis qu'elle a le numéro de toutes les femmes qui sont dans ton répertoire…

Nicolas : Oui.

Ronan : Mais les mecs ? Est-ce qu'elle a le numéro de tous les mecs ?

Nicolas : Les mecs, non, je ne crois pas.

Ronan : Eh ben, voilà ! Bingo !

Nicolas : Quoi Bingo ? Attends, tu vas pas me dire que Claire pense que je la trompe avec un mec.

Ronan : Et pourquoi pas ?

Nicolas : Mais c'est idiot !

Ronan : Je répète, pourquoi pas ? C'est déjà arrivé ! Tu ne serais pas le premier.

Nicolas : Oui, mais non.

Ronan : Non ?

Nicolas : Ben non, désolé, mais moi c'est pas mon truc, les mecs.

Ronan : J'ai pas dit que c'était ton truc, j'ai dit que peut-être que Claire croit que c'est ton truc.

Nicolas : Pourquoi elle croirait ça ?

Ronan : Qu'est-ce que j'en sais ?

Nicolas : Je ne sais pas où tu vas chercher toutes ces idées…

Ronan : Ou alors…

Nicolas : Oh, non…

Ronan : Et si elle était tombée amoureuse d'un mec que tu connais et qu'elle cherchait son numéro dans ton téléphone, hein ?

Nicolas : N'importe quoi !

Ronan : Quoi n'importe quoi ? Pourquoi n'importe quoi ?

Nicolas : Ben parce que…

Ronan : Parce que ?

Nicolas : Ben parce que… parce que c'est Claire quoi !

Ronan : Qu'est-ce qui est clair ?

Nicolas : Non, elle, c'est Claire. Elle n'est pas comme ça.

Ronan : Mais il y a forcément une raison, non ?

Nicolas : Oui.

Ronan : Et c'est une raison comme une autre, une probabilité comme une autre. Tu ne devrais pas la mettre de côté. D'autant qu'on vient de passer en revue toutes les autres possibilités. Alors que tu le veuilles ou pas, on est bien obligé de constater qu'il ne reste plus que cette solution.

Nicolas : Claire ?

Ronan : Claire !

Nicolas : Merde !

Ronan : Ouais.

Nicolas : Mais c'est qui ?

Ronan : Je ne sais pas. Qui ça pourrait être ?

Nicolas : À part toi, je ne vois pas !

Ronan : Moi ?

Nicolas : Ben oui, après-tout, si on suit ton raisonnement, t'es un mec, non ?

Ronan : Ouais…

Nicolas : Avec deux boules et un cornet, si tu vois ce que je veux dire ?

Ronan : Ouais…

Nicolas : Et t'es dans mon répertoire. Donc t'es sur la liste des suspects !

Ronan : Les suspects ? Quels suspects ? Ah ouais… ah ouais, ouais, ouais mais non !

Nicolas : Si !

Ronan : Non, mais je te jure, c'est pas moi !

Nicolas : Enfoiré !

Ronan : Quoi… co… comment ça, enfoiré ? Mais… mais c'est pas moi, je te dis ! J'ai rien fait !

Nicolas : Vous vous êtes bien foutus de ma gueule tous les deux.

Ronan : Attends ! Calme-toi Nico ! C'est pas bon de s'énerver.

Nicolas : Quand je pense que je te faisais confiance.

Ronan : Mais tu peux ! Je te jure que tu peux ! J'ai rien fait ! J'y suis pour rien, moi, si Claire est amoureuse de moi !

Nicolas : Ah ! Tu avoues !

Ronan : Hein ? Quoi ? Non, rien, j'avoue rien.

Nicolas : Tu viens de dire que Claire était amoureuse de toi.

Ronan : Mais j'en sais rien, moi. C'est toi qui l'as dit en premier.

Nicolas : Ça va être de ma faute, maintenant.

Ronan : Mais non, j'ai pas dit ça, j'ai pas dit ça. C'est juste que tu as dit qu'elle était... putain, je te jure il n'y a rien entre nous, je te jure.

Nicolas : Regarde-toi, t'es pathétique !

Ronan : Oui si tu veux ! Je suis pathétique, je suis moche aussi si tu veux, je suis tout ce que tu veux. C'est pour ça, réfléchis, ça peut pas être moi ! Moi, je suis une merde. Claire peut pas s'intéresser à un mec comme moi.

Nicolas : J'ai jamais vu un trouillard pareil.

Ronan : Quoi ?

Nicolas : Je le sais bien qu'il n'y a rien entre vous.

Ronan : Tu me fais marcher ?

Nicolas : Ah non, là, t'as pas marché, t'as couru !

Ronan : Mais t'es un connard en fait !

Nicolas : Je la connais Claire. Si elle avait un amant, ça serait certainement pas toi.

Ronan : Merci.

Nicolas : C'est juste pour te prouver que ton raisonnement est con et dangereux ! Je surprends Claire en train de fouiller dans mon portable et toi tu en déduis qu'elle a pris un amant parmi mes amis !

Ronan : Ouais, bon d'accord j'admets, je me suis peut-être un peu emballé.

Nicolas : Un peu, ouais…

Ronan : Tu m'as donné soif. Tu veux pas une bière ?

Nicolas : Allez ! N'empêche, il y a forcément une raison qui nous échappe.

Ronan : Tu parles ! C'est justement ça le truc. C'est une bonne femme. Et les bonnes femmes, elles n'ont pas besoin de raisons pour nous faire chier. Si ça se peut, on se plie le cerveau en quatre alors qu'il n'y a rien du tout !

NOIR

Scène 12

Chez Nathalie.

Nathalie : Rien ?

Claire : Non. Pas de Roger… ni de Robert ou de Maurice.

Nathalie : Merde.

Claire : Juste un Michel.

Nathalie : Ah ?

Claire : Mais c'était un collègue de travail de Nico.

Nathalie : Ah !

Claire : En plus, il est mort l'année dernière.

Nathalie : Et il a toujours son numéro ?

Claire : Oui, enfin, non. Il en a profité pour l'effacer. J'ai honte.

Nathalie : De quoi ?

Claire : D'avoir fouillé dans son téléphone.

Nathalie : Oui, mais au moins, comme ça, t'es fixée.

Claire : Oui.

Nathalie : Il n'y a rien de pire que d'être dans le doute.

Claire : C'est vrai. Merci.

Nathalie : Finalement, il est plus malin qu'il n'y paraît.

Claire : Tu ne vas pas remettre ça ?

Nathalie : Tu as trouvé quelque chose ?

Claire : Non.

Nathalie : Eh ben voilà ! Donc, faut continuer à chercher.

Claire : Et s'il n'y avait rien à trouver ?

Nathalie : Claire, je t'en prie, tu vas pas te laisser avoir. Pas toi ! Comment tu expliques tous ces cadeaux, là, d'un coup, sans raison ?

Claire : Je ne me les explique pas.

Nathalie : Tu vois.

Claire : Oui mais…

Nathalie : Mais quoi ? Qu'est-ce qu'il y a encore ?

Claire : Et si…

Nathalie : Oh tu me fatigues ! « Oui mais… », « et si… ». Écoute-toi. T'en as pas marre d'essayer de lui trouver des excuses à chaque fois qu'il fait un truc bizarre ? D'ailleurs, tu ne m'as pas dit, il continue ?

Claire : Non. Enfin… à part demain où soi-disant il sera en réunion et donc injoignable tout l'après-midi.

Nathalie : Ah oui, tu me l'avais déjà dit.

Claire : Oui, mais il va rentrer plus tôt.

Nathalie : Tu parles ! Qu'est-ce qu'il mijote encore ?

Claire : J'espère que c'est pas du saumon. J'en peux plus de son saumon !

Nathalie : Quoi ?

Claire : Non, c'est parce que tu as dit qu'il mijotait quelque chose… mijoter…

Nathalie : Tu fais dans l'humour, je vois que ça va mieux.

Claire : C'est l'humour du désespoir.

Nathalie : En attendant, pendant que tu te prends pour Desproges, ton mec, il manigance probablement quelque chose.

Claire : Mais c'est horrible. Qu'est-ce que je dois faire ? Dis-moi. Je ne sais même pas comment je dois réagir.

Nathalie : Viens là ! *(Elle la prend dans ses bras)* Ça va aller, t'en fais pas. T'es forte comme nana.

Claire : Tu parles ! Je suis complètement perdue.

Nathalie : Écoute, je suis sûre que quoi que tu fasses, ça sera ce qu'il fallait faire.

Claire : Merci, c'est gentil.

Nathalie : On est les meilleures copines du monde, non ?

Claire : Et de l'univers.

Nathalie : Carrément ! Et c'est pour ça que je ne te laisserai jamais tomber. Si t'as besoin d'aide, tu peux compter sur moi.

Claire : J'ai besoin d'aide.

Nathalie : D'accord, je suis là. Qu'est-ce que je peux faire pour toi ?

Claire : J'en ai aucune idée. C'est ça mon problème.

Nathalie : Bon, dans un cas extrême comme celui-là, je ne vois qu'une solution.

Claire : Et c'est ?

Nathalie : Un bon petit verre de Bordeaux.

Claire : C'est un bon début.

Nathalie sert deux verres de vin.

Nathalie : Tu verras, on n'a rien trouvé de mieux pour se remonter le moral.

Claire : Alors je vais prendre les deux.

Nathalie : Ah non ! Deux c'est de l'alcoolisme. Un c'est du savoir-vivre, du raffinement, de l'élégance.

Claire : C'est tout nous, ça !

Nathalie : Alors à nous !

Claire : À nous ! Et ensuite ?

Nathalie : Ensuite ?

Claire : Hum ?

Nathalie : Je vais y réfléchir. Mais ne t'inquiète pas, je vais trouver. Tu me connais, je suis capable de tout.

Claire : Oui, je sais. T'es folle !

Nathalie : Complètement ! Toujours là où on ne m'attend pas !

Claire : T'es la meilleure.

Nathalie : Ouais, c'est vrai.

Claire : Bon, ben, en attendant qu'une idée aussi déjantée mais géniale que toi te vienne, je vais rentrer.

Nathalie *(regardant sa montre)* : Ah oui, il commence à se faire tard. Allez… sois forte, hein ! Te laisse pas submerger par tes émotions.

Claire : Je vais essayer. Salut.

Nathalie : Salut. Tu me tiens au courant ?

Claire : Promis !

NOIR

Scène 13

À nouveau dans l'appartement de Claire et Nicolas.
Nicolas lit un magasine en écoutant de la musique. Claire arrive après sa journée de travail.

Claire : Coucou.

Nicolas : Coucou.

Claire : Je suis crevée. J'en ai marre des trains !

Nicolas : Il y a encore eu des problèmes ?

Claire : Ben oui, comme d'habitude ! Ils veulent qu'on prenne les transports en commun mais ça marche jamais ! Je n'en peux plus ! Et toi, tu fais quoi ?

Nicolas : Je lisais.

Claire : T'es rentré tôt ?

Nicolas : Ben oui, je te l'avais dit. J'avais une réunion mais du coup je rentrais plus tôt après.

Claire : Ah oui, c'est vrai. La fameuse réunion…

Nicolas : Tu veux un verre ?

Claire : Non, c'est bon, je suis debout, je vais me servir. Je te rapporte quelque chose ?

Nicolas : Ben oui, tiens, pourquoi pas ? La même chose que toi.

Claire sort côté cuisine.

Nicolas : Tu connais le prix Ignobel ?

Claire *(off)* : Le quoi ?

Nicolas : Le prix Ignobel. C'est un prix scientifique un peu comme les Nobel mais pour des trucs plus farfelus. Je viens de lire ça dans mon magazine.

Retour de Claire avec deux verres.

Claire : Tiens.

Nicolas : Merci. Dans l'article, ça parle d'un chercheur américain qui a étudié la vitesse d'expulsion des excréments !

Claire : Quoi ?

Nicolas : En d'autres termes, le type a calculé à quelle vitesse moyenne on chiait !

Claire : Je… je ne sais pas quoi dire là !

Nicolas : Non, mais tu te rends compte, le type s'est levé un jour en se disant : je vais passer une partie de ma vie à mesurer la vitesse de mon caca.

Claire : C'est dégueu.

Nicolas : Comment on en arrive à avoir une idée pareille ? Il se passe vraiment de drôles de trucs dans la tête d'un chercheur, non ?

Claire : Il se passe de drôles de trucs dans la tête des hommes en général.

Nicolas : Pourquoi tu dis ça ? Il y a des femmes chercheuses.

Claire : Moins, malheureusement. Beaucoup moins ! Et surtout quand elles cherchent, ce sont des choses utiles. Regarde Marie Curie…

Nicolas : Celle qui a inventé le poulet ?

Claire : Le poulet ?

Nicolas : Au curry ! Non je déconne.

Claire : Très drôle !

Nicolas : Tu cherches quelque chose ?

Claire : Moi ? Non.

Nicolas : Ben si, tu cherches quelque chose, là. Je le vois bien.

Claire : Je regardais juste s'il n'y avait pas un nouveau bouquet de fleurs qui serait apparu, ou un bijou ou je ne sais quoi !

Nicolas : Non, sérieusement ?

Claire : Oui, je me méfie maintenant.

Nicolas : Hé, mais c'est qu'elle y prend goût, on dirait.

Claire : Non pas du tout, ça n'a rien à voir.

Nicolas : Mais oui…

Claire : Il n'y a rien aujourd'hui ?

Nicolas : Rien.

Claire : Tant mieux !

Nicolas : Comment ça tant mieux ?

Claire : Ça me stresse.

Nicolas : Ah ben ça tombe bien, que tu parles de stress, je t'ai fait couler un bain !

Claire : Un bain ?

Nicolas : C'est relaxant, non, un bain ?

Claire : Un bain ?

Nicolas : D'ailleurs, dépêche-toi, l'eau va refroidir.

Claire : Un bain ?

Nicolas : Ça te fait pas plaisir ?

NOIR

Scène 14

L'action se situe simultanément chez Nathalie où s'est rendue Claire et chez Ronan où arrive Nicolas.

Ronan : Qu'est-ce qui se passe ?

Claire : On s'est engueulés avec Nicolas.

Nathalie : Ma pauvre chérie ! Vas-y, entre.

Nicolas : Je te dérange pas ?

Ronan : Non, non, t'inquiète pas ! Alors ?

Nathalie : Qu'est-ce qu'il a fait ?

Claire : Il m'a fait couler un bain.

Ronan : Et alors ? C'est quoi le problème avec le bain ?

Nicolas : Je ne sais pas ! Mais c'est à partir de là que c'est parti en vrille.

Nathalie : D'un coup ?

Claire : Ouais.

Ronan : Un bain ? Mais enfin, on s'engueule pas pour un bain ! Il y a forcément une autre raison !

Claire : Tu comprends, le bain ça a été la goutte d'eau. J'ai pas pu me retenir.

Nathalie : T'as bien fait ! C'est pas bon de garder pour soi !

Nicolas : Elle a explosé, j'ai rien vu venir. Moi, je pensais que ça lui ferait plaisir, donc je lui fais couler un bain.

Claire : Et quand je suis rentrée, il m'a juste dit que qu'il m'avait fait couler un bain et...

Nicolas : Je sais pas... elle s'est comme... transformée.

Claire : Je me suis mise à pleurer...

Nicolas : À hurler...

Claire : À l'insulter...

Nicolas : J'avais beau essayer de la calmer...

Claire : Plus il essayait...

Nicolas : Et plus ça l'énervait.

Claire : Je n'arrivais plus à me contrôler, je te dis. Je lui ai déballé tout ce que j'avais sur le cœur.

Ronan : C'est-à-dire ?

Nicolas : Que je me foutais de sa gueule, que... j'étais comme tous les autres mecs, un menteur...

Claire : Un salaud...

Nicolas : Que je la trompais...

Ronan : Tu la trompes ?

Claire : Il m'a juré que non !

Nathalie : Quel culot !

Ronan : Qu'est-ce qui lui a pris ?

Nicolas : Aucune idée. Je ne l'avais jamais vue comme ça.

Nathalie *(lui tendant un verre)* : Tiens, prends un verre.

Nicolas *(prenant un verre que lui tend Ronan)* : Merci. Et ensuite elle s'est barrée.

Nathalie : Il a essayé de te retenir ?

Nicolas : Même pas ! Le temps que je réalise, la porte était déjà refermée. Rien pu faire.

Ronan : C'est fou cette histoire !

Claire : T'avais raison ! T'avais raison sur toute la ligne !

Nicolas : Quand je pense à tous les efforts que j'ai fait ces derniers temps !

Nathalie : Je te l'avais dit. Tous ces cadeaux, là, c'était trop beau pour être honnête. Et lui, qu'est-ce qu'il a dit pour sa défense ?

Ronan : C'est pas normal, elle cache quelque chose.

Claire : Rien ! Il bredouillait vaguement qu'il n'avait rien à cacher, que je divaguais…

Nicolas : Un amant ? Claire ? N'importe quoi !

Nathalie : Ben, tiens ! J'en étais sûre ! Tu vas voir que ça va être de ta faute bientôt !

Ronan : Une femme qui change complètement du jour au lendemain, moi je ne vois que ça.

Claire : Je suis fatiguée, on peut aller se coucher ?

Ronan : Tu vas voir, c'est un vieux canapé, mais on y dort bien.

Nathalie : Tu veux que je te dise ? T'as bien fait de le laisser en plan ce soir, ça lui fera les pattes ! Je suis sûre qu'il va pas en dormir de la nuit !

Claire : Qu'est-ce qui m'arrive ?

Nicolas : Bon je n'en peux plus, on verra demain à tête reposée.

Ronan : Tu vas pouvoir dormir ? Parce que moi, ton histoire, ça me perturbe.

Nathalie : Ça va aller, ne t'inquiète pas !

Ronan : Tu sais quoi ? Prends ma chambre, je vais prendre le canapé.

Claire : T'es sûre ?

Nicolas : Pourquoi ?

Nathalie : J'arriverai pas à dormir de toute façon.

Claire : Ça me gêne pas de dormir sur le canapé.

Ronan : Moi non plus.

Nicolas : Bon, ben, si tu insistes. Merci.

Nathalie : C'est normal. Allez…

Tous : Bonne nuit !

NOIR

Scène 15

La scène se passe dans le noir. On entend le téléphone de Ronan sonner.

Ronan : Allô ?

Nathalie : C'est Ronan ?

Ronan : Ouais. C'est qui ?

Nathalie : Bonjour, je suis Nathalie…

Ronan : Nathalie ? De Tinder ?

Nathalie : Heu non. Je suis la meilleure amie de Claire.

Ronan : Claire ?

Nathalie : La femme de Nicolas.

Ronan : Ah oui, je vois. Bonjour, qu'est-ce que je peux faire pour vous ?

Nathalie : Il faut qu'on parle.

NOIR

Scène 16

L'action se situe dans un lieu neutre. Ça peut être un banc dans un parc, une table à la terrasse d'un café, etc. On retrouve Ronan et Nathalie ensemble.

Nathalie : C'est gentil d'avoir accepté de me voir.

Ronan : Je vous en prie, c'est normal. Mais c'est incroyable ce que vous m'avez raconté.

Nathalie : Oui. Enfin, vous aussi.

Ronan : Pourquoi ?

Nathalie : Ben un mec qui offre des cadeaux sans raison, c'est pas banal.

Ronan : Ah bon ?

Nathalie : Ouais. Et donc, c'était votre idée ?

Ronan : Ouais.

Nathalie : Maintenant que je vous vois, ça ne m'étonne pas.

Ronan : Ah bon ? Pourquoi ?

Nathalie : Non, rien. C'est juste que je ne comprenais pas où Nicolas avait bien pu pêcher toutes ces idées ?

Ronan : Ben, c'était moi.

Nathalie : Ouais.

Ronan : Mais du coup, je suis pas sûr qu'elles aient été si bonnes que ça finalement.

Nathalie : Faute avouée est à moitié pardonnée. L'essentiel c'est que tout s'arrange, non ?

Ronan : C'est ce que je leur souhaite. *(Il regarde sa montre)* Ils avaient rendez-vous à quelle heure, déjà ?

Nathalie : À la demie.

Ronan : Il est quarante.

Nathalie : J'espère que tout va bien se passer.

Ronan : Oui, moi aussi. Non parce que Nicolas, il est sympa, mais j'aimerais bien récupérer mon lit quand même !

Nathalie : Pareil.

Ronan : Ah vous aussi ?

Nathalie : Oui.

Ronan : Deux mois, c'est long, hein ?

Nathalie : Très long.

Ronan : Dites, je me disais, vu qu'on est les meilleurs amis des conjoints de nos meilleurs amis… heu… je ne sais pas si c'est très clair ça ?

Nathalie : Si, si, je vous suis.

Ronan : Eh ben, je me disais… on pourrait peut-être se tutoyer, non ?

Nathalie : Vous ne doutez de rien, vous ?

Ronan : Si ça vous embête…

Nathalie : Non, non c'est bon, pas de souci.

Ronan : Cool.

Une sonnerie de téléphone se fait entendre.

Nathalie : Pardon, je suis désolée.

Ronan : Je vous en prie. Enfin, je t'en prie.

Nathalie : C'est Claire. Allô ? *(…)* Oui *(…)* Non, je ne sais pas. *(…)* Attends, je demande à Ronan. *(…)* Hein ? *(…)* Oui, oui il est avec moi. Je t'expliquerai *(À Ronan)*. Nicolas n'est pas là. Vous savez pourquoi ?

Ronan : Tu…

Nathalie : Hein ?

Ronan : Tu sais pourquoi ? On avait dit qu'on se tutoyait.

Nathalie : Ah oui ! Tu sais pourquoi ?

Ronan : Non. Attends, je l'appelle.

Nathalie : Il l'appelle.

Ronan : Ça sonne.

Nathalie : Ça sonne.

Ronan : Allô ? *(…)* Nico ? *(…)* Ouais, c'est Ronan, qu'est-ce que tu fous ? T'es où là ? *(…)* Hein ? *(…)* Franchement, je ne sais pas. *(…)* Ben… tu verras bien. *(…)* Ok, à plus. *(Il raccroche. À Nathalie)* C'est bon, il arrive. Il a juste un léger retard.

Nathalie : OK. *(au téléphone)* C'est bon, il arrive. Il a juste un léger retard. À plus ma chérie. *(Elle raccroche. À Ronan)* Il n'est pas sérieux votre copain.

Ronan : Ton copain…

Nathalie : Ouais, ton copain. Pourquoi il est en retard ?

Ronan : Tu ne devineras jamais.

Nathalie : Non, vas-y, dis-moi.

Ronan : Il s'est arrêté pour acheter un bouquet.

Nathalie : Oh, le con !

NOIR